AF325013

IMPORTANT MOBILIER ANCIEN

PRINCIPALEMENT DU XVIIIe SIÈCLE

BRONZES D'AMEUBLEMENT, PENDULES

Tableaux, Objets divers

TAPISSERIES ANCIENNES

D'AUBUSSON ET DES FLANDRES

Appartenant à M. S...

CONDITIONS DE LA VENTE

Elle sera faite au comptant.

Les acquéreurs paieront **dix pour cent** en sus des enchères.

L'exposition mettant le public à même de se rendre compte des objets, il ne sera admis aucune réclamation une fois l'adjudication prononcée.

Paris. Imp. Georges Petit. — 17249-06.

CATALOGUE

IMPORTANT MOBILIER ANCIEN

COMPRENANT PRINCIPALEMENT DE

NOMBREUX MEUBLES EN ACAJOU LOUIS XVI

Secrétaires, Commodes, Consoles, Tables, Bureaux, Bibliothèque
Armoires, Guéridons, Chiffonniers

MEUBLES ANCIENS EN MARQUETERIE

Coffre, Bahut, Crédence en bois sculpté

TABLEAUX, RÉGULATEUR LOUIS XV, CHAISE A PORTEURS

Objets divers

PENDULES ET CANDÉLABRES LOUIS XVI

NOMBREUX SIÈGES EN BOIS SCULPTÉ LOUIS XV ET LOUIS XVI

AMEUBLEMENTS DE SALON DU XVIIIe** SIÈCLE**

Sièges recouverts en ancienne tapisserie

TAPISSERIES D'AUBUSSON ET DES FLANDRES

DES XVIe ET XVIIe SIÈCLES

Le tout appartenant à M. S...

DONT LA VENTE AUX ENCHÈRES PUBLIQUES AURA LIEU

HOTEL DROUOT, SALLES Nos 5 & 6 RÉUNIES

Le Vendredi 28 Décembre 1906

à deux heures précises

COMMISSAIRE - PRISEUR	EXPERTS
Me F. LAIR-DUBREUIL	MM. PAULME & B. LASQUIN Fils
6, rue de Hanovre, 6	10, rue Chauchat rue Laffitte, 12

EXPOSITION PUBLIQUE

Le Jeudi 27 Décembre 1906, de 1 h. 1/2 à 5 h. 1/2

Désignation

TABLEAUX ANCIENS, GRAVURE

ÉCOLE FRANÇAISE

(xviiiᵉ siècle.)

1 — *Pastorales.*

> Quatre peintures sous verre, dans le goût de Lancret.

BOUCHER

(D'après FR.)

2 — *Sujet mythologique.*

> Composition décorative sur toile.
> Cadre en bois sculpté doré.

ÉCOLE FLAMANDE

(xviiᵉ siècle.)

3 — *Portrait d'homme, tenant un masque.*

> Toile.

ÉCOLE HOLLANDAISE

(XVIIe siècle.)

4 — *Portraits d'homme et de femme.*

Deux toiles se faisant pendant.

DEBUCOURT

(Gravure en couleur attribuée à)

5 — *Promenade du Jardin du Palais Royal.*

Épreuve ancienne sans marge.
Encadrée.

OBJETS DIVERS

6 — ÉTIQUETTE à flacon, en bronze finement ciselé et doré, avec inscription sur émail. XVIII° siècle.

7 — BAS-RELIEF en bois sculpté, dans un cadre en bois doré. Époque Louis XVI.

8 — BISCUIT sous verre : corbeille de fleurs.

9 — DEUX BISCUITS : *le Baiser*, sur socles en marbres blanc et noir, avec chaînettes. XVIII° siècle.

10 — BAS-RELIEF circulaire en plâtre : sujet mytho-logique. XVIII° siècle.

11 — Cire polychromée sous verre : buste en haut-relief, portrait de *Montausier*, précepteur du Grand Dauphin. xviie siècle.

12 — Deux petits bustes en bronze patiné : *Virgile* et *Homère*. Socles en marbre bleu turquin, ornés de bronzes. Époque Louis XVI.

13 — Deux petits bustes en bronze patiné : *Corneille* et *Racine*. Socles en marbre bleu turquin, ornés de bronzes. Époque Louis XVI.

14 — Petit monument en marbre blanc et bronze doré : *l'Invocation à l'amour*. Époque Louis XVI.

15 — Coffret rectangulaire, entièrement peint au vernis : sujets Watteau. xviiie siècle.

16 — Coffret en chêne, orné sur le dessus de onze médaillons en émail peint de Limoges : bustes d'empereurs romains. xviie siècle.

17 — Deux plateaux à mouchettes, dont un formant flambeau à deux lumières, bronze doré. Époque Louis XIV.

18 — Paire de vases, forme Médicis, en tôle peinte au vernis, à sujets guerriers dans le goût de Casanova. Socles rectangulaires en marbre de couleur. Fin du xviiie siècle.

19 — PAIRE DE VASES, forme Médicis, en ancienne porcelaine de Paris, décorée de médaillons d'amours et guirlandes de fleurs. Montures en bronze ciselé et doré, formant brûle-parfums, avec têtes de béliers, oves, rinceaux, etc. Bases en marbre. Époque Louis XVI.

20 — PAIRE DE VASES, forme Médicis, en spath-fluor, ornés de deux anses mascarons et torsades en bronze finement ciselé et doré. Socles cubiques en marbre jaune de Sienne. XVIIIe siècle.

21 — PAIRE DE TORCHÈRES en bois sculpté, peint et doré, à motifs d'enfant, rocailles et feuillages. XVIIIe siècle.

22 — DEUX SPHÈRES, céleste et terrestre, reposant sur des supports trépied en bois noir et baguettes de cuivre. XVIIIe siècle.

BRONZES D'AMEUBLEMENT

LUSTRE EN CRISTAL DE ROCHE

23 — GRAND FLAMBEAU en bronze mouluré. XVIIe siècle.

24 — PAIRE DE CANDÉLABRES PORTE-FLAMBEAUX en bronze patiné, de style italien du XVIIe siècle.

25 — PAIRE DE FLAMBEAUX en bronze ciselé et doré, tige simulant un trépied à têtes de béliers, base carrée, avec bas-reliefs. XVIIIe siècle.

26 — Paire de petits flambeaux en bronze patiné et doré ; enfants porte-lumière. Socles en marbre bleu turquin et bronzes dorés. Époque Louis XVI.

27 — Paire de petits flambeaux Louis XVI ; marbre blanc et bronze doré. En forme de torche, sur base circulaire.

28 — Paire de petits candélabres à trois lumières, en bronze et marbre, formés chacun d'une statuette de femme portant une tige d'où s'échappent les branches porte-lumières. xviiie siècle.

29 — Paire de petits candélabres Louis XVI, à deux lumières en bronze ciselé et doré ; modèle à fût de colonne enguirlandée, surmonté d'un vase enflammé.

30 — Paire de candélabres à trois lumières, en bronze et marbre, formés chacun d'une figure de femme portant un bouquet. Socles cylindriques, avec appliques en bronze. xviiie siècle.

31 — Paire de candélabres à trois lumières, formés chacun d'un vase ovoïde, en albâtre, portant un bouquet en bronze doré.

32 — Paire de candélabres à cinq lumières, en bronze doré et marbre blanc, formés chacun d'une statuette de femme drapée, portant une corne d'abondance d'où s'échappent des rinceaux porte-lumières ; socles en marbre blanc, ornementés de bronzes dorés. xviiie siècle.

2

33 — Lustre à neuf lumières, en bronze, garni de *cristaux de roche.*

34 — Socle de pendule à musique, en tôle peinte, avec colonnettes aux angles ; sur les faces, appliques en bronze doré : attributs et palmes sur fond grillagé. Galerie supérieure ajourée. Époque Louis XVI.

35 — Socle de pendule à musique, en marbre blanc et bronze doré, orné sur trois faces de bas-reliefs à attributs et palmes, pilastres d'angles et galerie supérieure ajourée. Époque Louis XVI.

PENDULES ANCIENNES

36 — Porte-montre simulant un petit monument en cuivre, de forme polygonale et reposant sur un socle en bois sculpté, orné de perles en bronze. xviie et xviiie siècles.

37 — Pendule en marbre blanc et bronze doré, en forme d'édicule, porté par quatre supports-gaines ; couronnement formant dais avec glands, perles et chaînettes. *Didelot, à Bergue.* Époque Louis XVI.

38 — Pendule en marbre blanc et bronze doré ; le mouvement, supporté par deux pilastres, ornés d'appliques, est couronné d'un aigle. Base agrémentée d'appliques. *Piolane, à Paris.* Époque Louis XVI.

39 — PENDULE en marbre blanc et bronze doré ; le mouvement est porté sur une corniche que soutiennent deux cariatides de femmes et surmonté de deux amours et d'un aigle, avec guirlandes de fleurs. Sur la base, frise d'enfants. Époque Louis XVI.

40 — PENDULE en marbre blanc et bronze doré, en forme d'édicule à six colonnettes, enguirlandées et surmontées de petits vases. Mouvement orné de branches de roses. *De Jean, à Paris.* Époque Louis XVI.

41 — PENDULE en marbres de couleur et bronze doré, de forme architecturale ; le mouvement supporté par deux pylônes, avec amours en gaines. Époque Louis XVI.

42 — PENDULE en marbre blanc et bronze doré ; le mouvement soutenu entre deux colonnes, reposant sur un socle rectangulaire. Époque Louis XVI.

43 — PETITE PENDULE en marbre de couleur et bronze patiné et doré, avec figures allégoriques de femme et enfant ; sur le socle, bas-relief d'enfants en bronze doré. Époque Louis XVI.

44 — PENDULE formant cage-suspension, renfermant deux oiseaux chanteurs, en bronze ciselé et doré, avec grilles en cuivre gravé et ornementé. Pilastres, vases, cartouches et pieds à griffes. Cadran marqué : *François Konner,* horloger de la Cour à Bruchsal (*sic*). Époque Louis XVI.

SIÈGES ANCIENS

AMEUBLEMENTS DE SALON ET SIÈGES

couverts en ancienne tapisserie.

45 — Deux petites chaises à dossier ovale ; bois sculpté et peint. Époque Louis XVI.

46 — Deux chaises en bois sculpté peint ; dossier à lyre et colonnettes. Époque Louis XVI.

47 — Quatre chaises variées, en bois sculpté peint ; dossier à lyre. Époque Louis XVI.

48 — Fauteuil à dossier droit, en bois sculpté peint. Époque Louis XVI.

49 — Bergère en bois sculpté peint. Époque Louis XVI.

50 — Bergère à dossier droit, en bois sculpté peint. Époque Louis XVI.

51 — Bergère à dossier renversé, en bois peint. Époque Louis XVI.

52 — Chaise-longue en deux parties, en bois sculpté peint. Époque Louis XVI.

53 — Ameublement de salon, composé d'un canapé et six fauteuils en bois sculpté peint ; garniture de cretonne. Époque Louis XVI.

430

54 — Ameublement de salon, composé d'un canapé, cinq fauteuils et deux chaises en bois sculpté peint. Époque Louis XVI.

220

55 — Ameublement de salon, composé d'un canapé, six fauteuils et deux chaises, à dossier ovale ; bois sculpté peint. Époque Louis XVI.

320
Ginsbourg

56 — Six chaises en bois sculpté peint. Époque Louis XV.

1.100
Kohn

57 — Treize chaises en bois sculpté peint, cannées. Époque Louis XV.

305
Bacri

58 — Deux grands fauteuils et deux chaises en bois sculpté, recouverts en cuir. xviie siècle.

72

59 — Fauteuil et chaise en bois, recouverts en ancien cuir de Cordoue. xviie siècle.

8.085
Guérault

60 — Ameublement de salon, composé d'un canapé et six fauteuils en bois sculpté et doré, recouvert en ancienne tapisserie d'Aubusson, avec oiseaux aux dossiers et feuillages aux sièges. Époque Louis XVI.

1.115
Gilou

61 — Cinq fauteuils et un pouf recouverts en ancienne tapisserie au point : fleurs sur fond blanc et contre-fond rouge. xviiie siècle.

625
Guérault

62 — Bergère en bois doré, recouverte en ancienne tapisserie à gerbe et vase fleuris aux siège et dossier. xviiie siècle.

63 — BERGÈRE en bois sculpté et doré, recouverte en ancienne tapisserie : vase fleuri au dossier, fleurs sur le siège. Époque Louis XIV et Louis XVI.

64 — CHAISE-LONGUE en deux parties, bois sculpté et doré, recouverte en ancienne tapisserie flamande. Fin du xviie siècle.

65 — SIX GRANDS FAUTEUILS en bois sculpté, peint et rehaussé d'or, recouverts en ancienne tapisserie au point : personnages, animaux et ramages de fleurs. Époque Régence.

66 — SIX TRÈS GRANDES CHAISES en bois sculpté, peint et rehaussé d'or, recouvertes en ancienne tapisserie au point : personnages, animaux et ramages de fleurs. Époque Régence.

67 — CHAIÈRE à haut dossier et deux accotoirs, en bois mouluré et sculpté. Fin du xvie siècle.

68 — MEUBLE-CRÉDENCE, ouvrant à deux portes, en chêne sculpté; sujets à personnages sur la face et ornements sur les côtés. En partie du xvie siècle.

69 — GRAND MEUBLE-CABINET, de forme architecturale, à colonnettes torses et frontons coupés, surmonté d'une horloge faisant couronnement. Il ouvre à nombreux tiroirs ornés sur leur face de peintures à sujets allégoriques. Il repose sur une console à six colonnes torses en bois noir, avec parties dorées. xviie siècle.

560

70 — Petit meuble-bahut à deux corps, ouvrant à quatre portes et deux tiroirs à la ceinture, en bois sculpté, à pilastres ornés et corniche moulurée. En partie du xvie siècle.

630
Richardson

71 — Coffre en bois sculpté, orné sur la face d'une peinture dans le goût de P. Breughel. xviie siècle.

145

72 — Armoire normande à deux portes, en chêne sculpté et peint ; corniche mouvementée, avec groupe de colombes et couronne de fleurs. xviiie siècle.

295

73 — Chaise a porteurs en bois sculpté doré, avec peintures décoratives : ornements fleuris. xviiie siècle.

605
Lasquin

74 — Guéridon-trépied en bronze, avec tablette de marbre. xviiie siècle.

400

75 — Lit de repos en bois sculpté peint. Époque Louis XVI.

50

76 — Lit en bois sculpté peint, à colonnettes détachées. Époque Louis XVI.

77 — Grand lit en bois sculpté peint, avec motifs d'attributs sur la face. Époque Louis XVI.

580
Hirch

78 — Armoire en bois de placage, ouvrant à une porte en ancienne laque de Coromandel ; personnages et pagodes.

79 — ARMOIRE-BIBLIOTHÈQUE vitrée, ouvrant à deux portes, de forme cintrée à la partie supérieure, en bois de placage, avec baguettes de cuivre. XVIIIe siècle.

80 — ARMOIRE-BIBLIOTHÈQUE à deux portes en partie vitrées ; bois de placage avec filets de cuivre incrustés. XVIIIe siècle.

81 — RÉGULATEUR en bois de placage, de forme mouvementée, orné de bronzes ciselés et dorés : cadran métallique avec heures en émail. Ép. Louis XV.

82 — BUREAU ouvrant à cylindre et tiroir, en marqueterie de bois de couleur : rinceaux, rubans, etc. XVIIIe siècle.

83 — MEUBLE D'ENTRE-DEUX, ouvrant à deux portes et deux tiroirs ; marqueterie de bois de couleur, avec attributs dans des médaillons sur les portes. Dessus de marbre. Époque Louis XVI.

84 — COMMODE à trois rangs de tiroirs ; marqueterie de bois de placage. Époque Louis XVI.

85 — COMMODE ouvrant à deux tiroirs, en marqueterie de bois de couleur : vases et fleurs. Époque Louis XVI.

86 — TABLE-ROGNON à quatre pieds en gaines ; marqueterie de bois de couleur. Époque Louis XVI.

87 — TABLE A JEU rectangulaire, en marqueterie de bois de couleur : guirlandes et fleurettes. XVIIIe siècle.

88 — TABLE A JEU à quatre pieds en gaines ; marqueterie de bois de couleur. Époque Louis XVI.

89 — GUÉRIDON de forme octogonale, à quatre pieds et croisillon, en marqueterie de bois de couleur ; dessus de marbre circulaire. XVIIIe siècle.

90 — SECRÉTAIRE simulant un chiffonnier à tiroirs, en acajou, perles et baguettes de cuivre. Époque Louis XVI.

91 — SECRÉTAIRE à abattant et quatre tiroirs ; acajou, baguettes et poignées de cuivre. Dessus de marbre. Époque Louis XVI.

92 — SECRÉTAIRE en acajou, avec colonnes détachées sur les côtés. Encadrements de moulures et perles. Époque Louis XVI.

93 — COMMODE à quatre rangées de tiroirs, dont le supérieur en trois parties ; acajou, à colonnes détachées sur les côtés, encadrements de moulures et perles. Époque Louis XVI.

94 — COMMODE à trois rangs de tiroirs, en acajou et baguettes de cuivre. Époque Louis XVI.

95 — Deux commodes à trois rangs de tiroirs, en acajou, ornées de poignées de cuivre. Époque Louis XVI.

96 — Chiffonnier à huit tiroirs, acajou et baguettes de cuivre. Dessus de marbre à galerie. Époque Louis XVI.

97 — Grand chiffonnier à six tiroirs, acajou, baguettes et poignées de cuivre. Dessus de marbre. Époque Louis XVI.

98 — Petite console avec tablette inférieure, tiroir et dessus de marbre à galerie de cuivre. Époque Louis XVI.

99 — Petite console à quatre pieds et tablette, avec tiroir, en acajou et baguettes de cuivre. Dessus de marbre à galerie. Époque Louis XVI.

100 — Console-servante à quatre pieds à colonnettes, tiroir et dessus de marbre à galerie, en acajou, filets incrustés et baguettes de cuivre. Époque Louis XVI.

101 — Console à coins arrondis, en acajou, avec tablette inférieure et tiroir à la ceinture, sur quatre pieds colonnettes. Garniture de bronzes; entrelacs, draperie, rosace. Époque Louis XVI.

102 — Console-servante, avec coins arrondis, tiroir et tablette inférieure, en acajou. Époque Louis XVI.

210
Kohn

103 — GUÉRIDON-TRÉPIED en acajou, avec tablette circulaire en marbre blanc et galerie de cuivre ajourée. Époque Louis XVI.

150
Kohn

104 — SUPPORT-TRÉPIED en acajou, avec tablette circulaire en marbre blanc et galerie ajourée. Époque Louis XVI.

225
Roseneau

105 — MEUBLE ouvrant à quatre portes et tiroir au centre, les deux portes supérieures avec glaces, en acajou orné de bronzes. Époque Louis XVI.

380
Roseneau

106 — BUFFET à deux corps, à quatre portes dont les deux supérieures munies de glaces, et deux tiroirs à la ceinture, en acajou avec colonnes cannelées aux angles et moulures ornées en bronze. Époque Louis XVI.

255
Arnoux

107 — PETITE BIBLIOTHÈQUE ouvrant à deux portes en partie vitrées ; acajou et bronzes. Dessus de marbre. Époque Louis XVI.

700
Deval

108 — JARDINIÈRE de forme ovale, à quatre pieds, en acajou, garnie de bronzes : frise d'entrelacs, lambrequins, rosaces, etc. Époque Louis XVI.

500
Baeyens

109 — PETITE TABLE TRICOTEUSE, munie d'un tiroir, en acajou. Époque Louis XVI.

185
Roseneau

110 — TOILETTE A RASER avec trois tiroirs inférieurs, en acajou, avec perles. Dessus de marbre porté par des colonnettes. Époque Louis XVI.

111 — TABLE-TOILETTE, avec dessus muni d'une glace, se relevant à charnière, en acajou et baguettes de cuivre. Époque Louis XVI.

112 — TABLE A JEU à quatre pieds en gaines ; acajou et bronzes. Époque Louis XVI.

113 — TABLE A JEU circulaire, pliante, en acajou et baguettes de cuivre. Époque Louis XVI.

114 — BUREAU plat, ouvrant à tiroirs, en acajou incrusté de filets de cuivre. Époque Louis XVI.

115 — TABLE-BUREAU ouvrant à cinq tiroirs, en acajou, ornée de bronzes. Époque Louis XVI.

116 — PETITE TABLE rectangulaire, à quatre pieds en gaines, ouvrant à tiroir, en acajou mouluré de cuivre avec plaques de porcelaine blanche à la ceinture. Dessus de marbre blanc. Époque Louis XVI.

117 — BUREAU ouvrant à cylindre, tiroirs et deux portes à glaces ; acajou et baguettes de cuivre. Époque Louis XVI.

118 — PETIT BUREAU ouvrant à cylindre et tiroirs, en acajou ; pieds cannelés, dessus de marbre avec galerie de cuivre ; garniture de bronzes. Époque Louis XVI.

TAPISSERIES ANCIENNES

119 — Tapisserie d'Aubusson. Verdure avec avenue de château plantée de grands arbres, berger, bergère et animaux. Époque Louis XIV.

Haut., 3 m. 70 ; larg., 3 m. 50 environ.

120 — Tapisserie d'Aubusson. Verdure avec cours d'eau. Bordure à fleurs. Époque Louis XIV.

Haut., 1 m. 95 ; larg., 3 m. 40 environ.

121 — Tapisserie d'Aubusson. Paysage et volatiles. Bordures à feuillages et fleurs. Époque Louis XIV.

Haut., 2 m. 60 ; larg., 3 mètres environ.

122 — Tapisserie d'Aubusson, figurant un parc de château avec perspective, statues, animaux. Encadrement de bordures sur trois côtés. XVIIIe siècle.

Haut., 2 m. 40 ; larg., 2 m. 30 environ.

123 — Deux tapisseries des Flandres, figurant des sujets guerriers avec nombreux personnages sur fond de paysage ; fragments de bordures d'encadrement. Fin du XVIe siècle.

Haut., 2 m. 30 ; larg., 5 m. 40 environ.

124 — Tapisserie des Flandres, formée de deux panneaux cousus ensemble et figurant, sur un fond de paysage, un cavalier tirant à l'arc sur un fauve. Bordures, haut et bas à fleurs et feuillages. XVIIe siècle.

Haut., 2 m. 35 ; larg., 2 mètres.

125 — Tapisserie des Flandres ; sujet à personnages, cavalier, guerrier et jeune femme. Bordure à médaillons, cartels, chutes et guirlandes de fleurs. xviii° siècle.

Haut., 2 m. 50 ; larg., 2 m. 10 environ.

126 — Tapisserie des Flandres, figurant, au centre, deux grands vases et une jardinière ornés de fleurs. Bordure d'encadrement à pilastres, cartouches et petits médaillons de paysages dans la partie inférieure. xvii° siècle.

Haut., 3 mètres ; larg., 3 m. 40 environ.

127 — Petite tapisserie des Flandres, figurant un paysage avec cours d'eau et abbaye. Bordure à fleurs et fruits. Époque Louis XIV.

Haut., 2 m. 75 ; larg., 2 mètres environ.

128 — Grande tapisserie des Flandres, verdure, composée de trois panneaux cousus ensemble ; petite bordure d'encadrement à fleurs et fruits. Époque Louis XIV.

Haut., 2 m. 90 ; larg., 8 m. 70 environ.

129 — Fragment de tapisserie des Flandres, représentant, dans un paysage, une chasse au taureau sauvage et béliers au premier plan. Bordure à la partie supérieure. xvi° siècle.

Haut., 2 m. 30 ; larg., 2 m. 10 environ.

130 — FRAGMENT DE TAPISSERIE DES FLANDRES, représentant une chasse et pouvant faire suite à la tapisserie précédente. Bordures en haut et à gauche. XVIe siècle.

Haut., 2 m. 30 ; larg., 1 m. 60 environ.

131 — AUTRE FRAGMENT de même époque, de la même suite.

Haut., 2 m. 30 ; larg., 2 m. 10 environ.

132 — AUTRE FRAGMENT de même époque, de la même suite.

Haut., 2 m. 30 ; larg., 1 m. 40 environ.

133 — SIX FRAGMENTS de bordures d'encadrement en tapisserie des Flandres du XVIe siècle, pouvant former bandeaux.

134 — Sous ce numéro seront vendus des grands fragments de tapisserie des Flandres des XVIe et XVIIe siècles, à sujets de personnages, chasses, paysages ; fragments de bordures, etc.